AF455310

N° 1 EXCEPTIONNELLEMENT 5 centimes 10 cent.

LES APACHES DE PARIS

MŒURS INÉDITES par Gustave GUITTON

GOSSETTE

N° 1 EXCEPTIONNELLEMENT 5 centimes 10 cent.

LES APACHES DE PARIS

MŒURS INÉDITES par Gustave GUITTON

GOSSETTE

LES APACHES DE PARIS

PREMIÈRE PARTIE

I

LA PETITE BLONDE.

L'hôtel du *Panier Fleuri,* situé rue de la Neaufle, dans le quartier de Saint-Ouen, passe, à juste raison, pour un repaire d'apaches.

Comme tel, il est surveillé par la police.

L'immeuble, élevé de deux étages, offre une façade écailleuse et lézardée, sur laquelle l'inscription : *Hôtel du Panier Fleuri, Chambres et cabinets à louer,* se détache en lettres noires, à demi effacées par le temps et l'humidité.

L'intérieur n'a rien de luxueux. Il manque même absolument de cette propreté qui, dans les établissements les plus modestes, inspire confiance aux voyageurs en quête d'un gîte.

Le patron de ce bouge, un certain Lafrogne, se disait ancien notaire.

Il avait eu des malheurs en province, affirmait-il; on l'avait forcé à vendre son étude et, complètement ruiné, il avait dû venir se réfugier à Paris, en compagnie d'une ancienne maîtresse qui, au café-concert, s'était fait longtemps appeler la môme Champagne. Depuis, il l'avait légitimement épousée, par amour autant que par intérêt.

Ils avaient l'un et l'autre une cinquantaine d'années.

Lui, rubicond et d'assez haute taille, grisonnait. Elle, une forte commère à la poitrine effondrée, arborait une chevelure aux tons outrageusement roux, entremêlée de nombreux fils d'argent.

Le passé des Lafrogne était plein de mystères. Ils ne racontaient de leur vie passée que ce qu'ils voulaient bien qu'on en sût.

D'ailleurs, leur existence actuelle était suffisamment édifiante pour indiquer qu'on avait affaire à des gredins.

Leur moindre défaut, à l'un et à l'autre, était une ivrognerie systématique et crapuleuse. Tout au long du jour, ils buvaient des liqueurs à base d'alcool; et, s'ils n'avaient plus d'argent pour satisfaire leur vice, ils possédaient cent moyens pour s'en procurer.

C'est ainsi que de ce moment, dans le bureau de leur hôtel, ils étaient attablés devant des verres d'absinthe, en compagnie de deux de leurs plus estimés locataires : le cambrioleur Marius Cambrousse, et sa maîtresse, Titine la Carne, une jeune femme peu jolie, mais sans scrupules. Dans le budget de l'association, ses gains étaient plus considérables encore que ceux de Cambrousse.

Les deux couples sympathisaient.

Souvent, ainsi, ils s'offraient quelques tournées, à tour de rôle.

La dernière journée de Titine ayant été bonne, c'était elle qui, cette fois, régalait.

— Ah! vous avez de la chance, vous deux ! se lamenta Mme Lafrogne... Tout vous réussit ! Vous avez toujours de l'argent plein vos poches... Nous, du premier janvier à la saint-Sylvestre, c'est la purée !...

— La sombre purée ! appuya l'hôtelier, en avalant une gorgée d'absinthe. Mais, quand on a la guigne, on a la guigne... Rien à faire à ça !...

Marius Cambrousse grasseya, avec un terrible accent méridional :

— C'est que vous ne savez pas vous débrouiller!... Lorsqu'on a une occasion, on saute dessus !

— Certainement, acquiesça Lafrogne ; mais ce sont les occasions qui manquent.

— Bah! Ça se trouve... surtout quand on sait les chercher ! affirma le cambrioleur.

— Pour sûr! Marius a raison! glapit languissamment Titine.

Elle ajouta, cynique :

— C'est comme si, moi, dans mon métier, je restais assise sur une chaise!... Evidemment, ce sont pas les clients qui viendraient me chercher... Mais je marche, je trotte! Je me remue, enfin!... J'use mes chaussures, c'est entendu; mais ça me rapporte toujours assez pour m'en payer des nouvelles... Pas vrai, Marius ?

L'interpellé n'eut pas le temps de donner sa réponse. Un locataire entrait, sordidement vêtu, taillé en hercule, la face inintelligente et bestiale, le regard sournois.

C'était Durand, dit Croquenot, un malchanceux de l'existence, un hors-la-loi qui, pour vivre, faisait le peu lucratif et dangereux métier de voleur de plomberies.

Un silence s'était fait, où il y avait autant de méfiance que d'hostilité.

— Qu'est-ce que vous voulez? demanda sèchement Lafrogne.

— Voilà ma semaine! répondit Croquenot, en déposant deux pièces d'argent sur la table.

Mme Lafrogne s'en empara, et Croquenot sortit, comme il était entré, sans dire ni bonjour, ni bonsoir.

— Quelle brute! fit Marius. Jamais il ne parle! Jamais il ne salue personne! Jamais on ne l'a vu rire! Moi, je ne sais pas pourquoi, il ne m'inspire pas confiance.

L'ex-môme Champagne crut devoir défendre Croquenot.

— Vous ne me direz tout de même pas qu'il est aussi de la police, celui-là! ricana-t-elle. Il est bien trop bête pour cela.

— Est-ce qu'on sait jamais, avec des types pareils ! fit le cambrioleur.

— Oh! vous, monsieur Cambrousse, s'exclama Lafrogne, vous avez la manie de voir des roussins partout! Croquenot est une brute, un ours, oui! Mais, au moins, il paie régulièrement ses semaines! Et je ne peux pas en dire autant de tous mes locataires!

— Ce n'est pas pour nous que vous dites cela, au moins, monsieur Lafrogne? minauda Titine la Carne.

— Bien sûr que non! Il n'y a que vous deux de convenables dans la maison!... Non, je veux parler de ce Chevrier, de cette espèce d'inventeur, d'ingénieur, de ce je ne sais quoi!

— Mets-le donc à la porte une bonne fois, lui et son Alberte! s'écria Mme Lafrogne. S'il n'y avait que moi, il y a longtemps que ça serait fait!...

Quand on n'a pas d'argent pour loger à l'hôtel, on couche à la belle étoile! C'est arrivé à d'autres, plus malins que lui et que sa demoiselle à la manque!

— C'est dommage qu'elle soit encore trop jeune, dit Cambrousse en retroussant sa moustache... Elle est gentille, cette petite! Bien guidée par quelqu'un de pas bête, elle saurait se débrouiller toute seule.

— Attention! la voilà qui passe! fit Titine, en remarquant, par la porte restée entrebâillée, une jolie fillette blonde, d'une douzaine d'années, et qui, par le corridor, se dirigeait vers la rue.

La conversation dévia.

Ayant vidé leurs verres, Cambrousse et Titine remontèrent dans leur chambre.

Triste et pâlotte, la fillette était sortie pour aller chercher un journal, commission dont l'avait chargée son père.

Elle était pauvrement vêtue. Ses admirables cheveux blonds, son teint de lait, ses grands yeux d'un bleu clair, avaient à la fois quelque chose de mélancolique, de distingué et de maladif.

Lentement, elle descendit la rue de la Neaufle.

Depuis dix ans, l'humble population de travailleurs, de petits employés et de chiffonniers qui habite dans les parages de l'avenue de Saint-Ouen, connaissait Mme Armandier, la marchande de journaux. Son modeste étalage était installé à la terrasse d'un bar, au bout de la rue de la Neaufle, sur une des tables en fer peint.

Les jours de pluie, la mère Armandier rentrait ses journaux à l'intérieur du débit.

M. Gerbois, le mastroquet, une sorte d'hercule au ventre énorme, au nez rougi par le vin blanc et les alcools, savait bien ce qu'il faisait en accordant ainsi l'hospitalité à Mme Armandier.

Bien souvent, l'acheteur, après avoir pris son journal coutumier, s'arrêtait, séduit par la face joviale et trognonnante du vendeur d'alcool.

Après avoir échangé avec lui quelques facéties, il était bien rare qu'il ne finît par se commander un demi-setier ou une *mominette.*

Ce matin-là, en raison de la beauté du temps, Mme Armandier s'était installée en plein air.

Tout en savourant, pour son propre compte, les faits-divers de la veille, la marchande échangeait un bonjour cordial avec les passants de sa connaissance, lorsqu'elle fut tirée de sa lecture par l'arrivée d'Alberte Chevrier.

La fillette s'arrêta timidement, à quelques pas de l'éventaire.

— Bonjour, Gossette, dit Mme Armandier ; tu viens chercher le journal de ton papa? Mais, qu'est-ce que tu as ? Approche donc; on dirait que je te fais peur!

— C'est que... répondit l'enfant avec embarras.

— Je comprends. Tu es ennuyée parce que tu ne me rapportes pas encore cette fois, les quinze sous que ton père me doit pour ses journaux...

— Papa a promis de vous les donner sans faute demain matin.

— Dis à ton père qu'il ne se gêne pas. Je sais que c'est un honnête homme et qu'il me paiera.

Gossette parut soulagée d'un grand poids.

Elle prit dans ses menottes pâles le journal que la vieille femme lui tendait avec un maternel sourire, et elle dit avec un gentil salut :

— Merci bien, madame Armandier; vous aurez vos quinze sous demain... Et de votre part, comment cela va-t-il ? J'espère que votre coquin de fils, l'Hareng-Saur, n'est pas venu vous tourmenter?

— Ah! ne m'en parle pas! fit Mme Armandier, en poussant un douloureux soupir; cet enfant-là, vois-tu, fait le tourment de mon existence! Mais, heureusement que depuis le mardi de l'autre semaine, le jour où il est venu me battre et m'emporter tout ce que j'avais d'économies, je ne l'ai pas revu.

— C'est bien triste pour vous, fit la fillette, dont le joli visage s'était assombri.

— Pourtant, ajouta la marchande, sur un ton d'indulgence, mon pauvre Paul n'était pas plus mauvais garçon qu'un autre. C'est la fréquentation des rôdeurs des fortifs qui l'a perdu. Il a lâché le patron chez lequel il était en apprentissage. Et maintenant, hélas! il passe ses journées dans les bars... Ah! j'ai bien peur qu'il ne finisse par faire quelque mauvais coup!

Mme Armandier hocha la tête avec désespoir.

Gossette, après avoir salué la pauvre femme, se hâta de regagner l'hôtel du *Panier Fleuri*.

Elle franchit la porte à claire-voie où tintait une sonnette, essuya au passage les regards méprisants du sieur Lafrogne, et s'engagea dans l'escalier. La clientèle de l'établissement était certainement des moins rassurantes, car le guichet par où on répondait au public et par où l'on passait aux locataires attardés leur bougeoir et leur clef, était muni d'un fort grillage.

Gossette — ou plus exactement Alberte Chevrier, car Gossette n'était qu'un surnom dont on l'avait gratifiée dans le quartier, à cause de sa gentillesse et de sa petite taille — allait avoir treize ans et demi; mais on ne lui en eût pas donné douze, tant elle était chétive.

Elle franchit rapidement l'escalier, et poussa la

porte de la petite chambre obscure, étroite et sale, qu'elle occupait en compagnie de son père.

M. Paul Chevrier, après avoir été presque riche et honorablement connu dans le monde des inventeurs industriels, était tombé dans la plus profonde misère.

Ses vêtements étaient râpés et élimés jusqu'à la corde; ses chaussures éculées méritaient l'appellation de « pompes », que l'argot pittoresque des pauvres diables décerne aux souliers qui prennent l'eau. Il était coiffé d'un chapeau haut de forme pelé, galeux, jaunâtre, qu'un chiffonnier avisé n'eût certes pas ramassé au coin d'une borne.

Malgré cet accoutrement misérable, M. Chevrier, avec ses yeux brillants de fièvre, ses joues caves et sa grande barbe grise, gardait encore une physionomie honnête, intelligente et distinguée.

— Tu as été bien longtemps, mignonne, dit-il à sa fille, d'une voix faible et cassée.

— Je me suis un peu amusée à causer avec Mme Armandier.

— C'est bien, fit l'inventeur qui déjà s'était assis et parcourait d'un regard rapide la page des petites annonces.

« Rien encore! s'écria-t-il, quelques minutes après, avec découragement. J'avais pourtant écrit que l'on m'insère une demande d'emploi dans les annonces gratuites. Hélas ! on ne l'a pas fait.

— Père, ce sera sans doute pour demain. Tu sais que lorsqu'on ne paie pas, les gens ne se dépêchent jamais. La place aura manqué aujourd'hui.

— Ecoute, Alberte, dit M. Chevrier, je suis obligé de sortir. Je vais rentrer vers trois ou quatre heures, et peut-être rapporterai-je de l'argent. Voilà six sous que je te laisse : tu tâcheras avec cela de t'arranger comme tu pourras pour déjeuner.

— Mais, demanda l'enfant avec inquiétude, et toi, où déjeuneras-tu?

— Rassure-toi, reprit M. Chevrier, en s'efforçant de sourire, je suis invité à déjeuner chez un ingénieur de mes amis.

— Tant mieux! s'écria Gossette, en poussant un soupir de soulagement. Hier soir, tu m'as laissé manger presque tout le pain, le lait et les pommes de terres frites que tu avais achetés pour le dîner.

Le malheureux inventeur n'était invité à déjeuner chez personne.

Toute la journée, le ventre creux, il allait battre le pavé, à la recherche d'un emploi. Mais, en parlant ainsi, il avait voulu rassurer sa fillette.

Il fut tout heureux de voir que Gossette acceptait son mensonge et serrait joyeusement les six sous dans la poche de son petit tablier de cotonnade.

— J'ai déjà fait le menu de mon déjeuner, dit-elle... Deux sous de pain, deux sous de pommes de terre frites, une grosse sardine d'un sou de chez l'épicier. Et il me restera encore un sou pour boire du coco, ou pour m'acheter une tablette de chocolat.

M. Chevrier, malgré son désespoir et sa douleur, ne put s'empêcher de sourire.

Il étreignit passionnément l'enfant sur son cœur, embrassa son front couronné de fins cheveux d'or pâle, et se décida à sortir.

— Si je rapporte de l'argent, ce soir, dit-il, sur le palier, avant de refermer la porte, je t'achèterai de bonnes choses pour le dîner.

« De l'argent! songea-t-il, en crispant les poings

avec rage, il faut que j'en trouve à tout prix! Je dois quinze jours de chambre à ce misérable Lafrogne, et voilà toute une longue semaine que nous mourons littéralement de faim, ma fille et moi!...

Comme M. Chevrier allait franchir le seuil de l'hôtel, Lafrogne lui barra le passage. Et, d'une voix pleine de rudesse :

— Ah! çà, dit-il, je commence à croire que vous vous moquez du monde! Voilà quinze jours que l'on n'a pas vu la couleur de votre argent! Je vous préviens que je ne peux pas vous garder plus longtemps. Je veux être payé aujourd'hui, ou demain au plus tard, sinon, je vous flanque à la porte, vous et votre gamine. Je commence à en avoir assez, moi, d'entretenir des inventeurs dans la dèche.

Aux paroles brutales de l'hôtelier, M. Chevrier avait senti le sang lui monter au visage. Mais il parvint à se contenir; et ce fut d'une voix basse, presque suppliante, qu'il répondit :

— Je vous en prie, mon cher monsieur Lafrogne, ne vous montrez pas inexorable. Vous savez que je suis un honnête homme, que je n'ai jamais fait tort d'un sou à personne.

— Peut-être bien, ricana Lafrogne, mais vous êtes un honnête homme au porte-monnaie vide. Et des honnêtes gens comme ça, il n'en manque pas! J'aimerais mieux que vous soyez une canaille, et que vous me donniez de l'argent!

— Ecoutez, vous serez payé peut-être demain. Je suis en pourparlers avec une maison anglaise, pour une très grosse affaire.

— Soit! Je veux bien encore attendre jusqu'à demain soir; mais c'est le dernier délai que je puisse vous accorder.

Après ces paroles, qu'il prononça d'un ton bourru, Lafrogne, sans écouter davantage les protestations de son locataire, rentra dans le bureau de l'hôtel, pendant que M. Chevrier se dirigeait vers l'avenue de Saint-Ouen.

D'un pas affaibli par la fatigue et les privations des jours précédents, il recommençait ses interminables courses à travers la ville.

L'ardent soleil de juillet chauffait à blanc les pavés, séchant en quelques minutes le sol des rues, dont le tonneau roulant des arroseurs municipaux venait de faire tomber pour un instant la poussière.

De temps en temps, le pauvre inventeur s'arrêtait sur un banc pour se reposer.

Il tirait de sa poche un portefeuille délabré, rempli de notes, de cartes de visite et d'adresses, qu'il examinait tout pensif.

Puis, courageusement, malgré la fatigue qui lui courbait les reins, malgré la soif qui lui séchait le gosier, il se remettait en marche.

Mais, chaque fois, l'effort était plus pénible. M. Chevrier se sentait tiraillé par la faim. Ses tempes bourdonnaient. Des points noirs voletaient devant ses yeux.

Si la pensée de sa fille, de sa chère Alberte n'avait été là pour le soutenir, il fût demeuré assis à la même place et se serait abandonné à son désespoir.

Il était si las, si brisé, qu'il chancelait comme un homme ivre lorsqu'il parvint enfin rue du Sentier, aux bureaux de la grande compagnie anglaise avec laquelle il était en pourparlers.

Il fut reçu dans une pièce froide et nue, tendue d'étoffe verte, par un commis à la face maigre et rasée.

L'employé, confortablement vêtu et grassement appointé, jeta sur le pauvre hère un regard empreint de toute la morgue britannique.

— C'est vous l'inventeur? fit-il.

— Oui, répondit M. Chevrier, en se raidissant pour surmonter sa faiblesse. Je suis venu déjà trois fois; c'est moi qui ai proposé à la maison John Silverston, dont vous êtes le représentant à Paris, de lui vendre le procédé que j'ai découvert pour rendre absolument inaltérables et indélébiles les couleurs d'aniline.

La physionomie impassible de l'Anglais se dérida quelque peu.

— Très bien, très bien, reprit-il; votre proposition intéresse beaucoup M. Silverston. Il a dit qu'il vous répondrait directement. A l'heure qu'il est, la lettre de Londres doit être en route. Vous n'avez plus besoin de vous déranger pour venir ici.

L'employé, après un salut glacial, s'était retiré derrière son bureau.

M. Chevrier, un peu réconforté par l'espoir que son affaire marchait bien, mais désolé de rentrer ce soir-là encore sans argent, dut se remettre en route sous le soleil torride.

L'histoire de M. Chevrier était navrante.

Sa jeunesse avait été suprêmement triste. A mesure que s'ancrait chez lui plus profondément l'idée de devenir un inventeur, il perdait peu à peu l'affection de ses parents qui, finalement, en le voyant persévérer dans ses projets, l'avaient maudit, n'avaient jamais plus voulu le revoir.

Il s'était donc trouvé seul dans la vie, avec son incontestable acquit scientifique, mais sans affection de cœur ou de famille, sans relations, sans argent.

Il avait vu sa première et capitale invention : « la fabrication à bon marché de la morphine », accaparée par un associé indélicat, dont la mauvaise foi l'avait ruiné, juste au moment où, confiant dans l'avenir, il venait d'épouser par amour, une jeune fille sans fortune.

Après trois années d'un bonheur gâté seulement par la pauvreté et les privations, la jeune femme était morte en donnant le jour à une fille, la petite Alberte, l'enfant pâlotte et délicate que les pauvres gens de l'avenue de Saint-Ouen avaient surnommée Gossette.

Elle était la seule consolation de son père.

Sans elle, grands dieux, que fût-il devenu?

On eût dit que, depuis la mort de sa femme, le malheur s'était acharné sur M. Chevrier. Rien ne lui avait réussi.

Lentement, il avait dégringolé la pente rapide qui mène les malchanceux de l'aisance à la gêne, et de la gêne à la détresse la plus noire.

C'est ainsi qu'il en avait été réduit à louer, pour quinze francs par mois, à l'hôtel tenu par Lafrogne, le misérable cabinet qu'il n'arrivait même plus à payer.

Pourtant, une éclaircie semblait luire dans le ciel obscur de sa vie.

La découverte qu'il avait faite sur la façon de fixer les couleurs d'aniline était appelée, croyait-il, à faire sa fortune.

On sait que la plupart des couleurs, que l'on tirait autrefois des plantes, telles que le safran, la garance et l'indigo, sont maintenant extraites par les chimistes, à un prix beaucoup moins élevé, des produits de la distillation de la houille. C'est ce qu'on appelle les couleurs d'aniline.

Malheureusement, ces couleurs, d'abord très brillantes, se fanent et se décolorent rapidement sous l'influence du soleil. M. Chevrier, lui, avait trouvé le moyen de les rendre inaltérables. On juge de l'importance d'une pareille découverte.

Rebuté par tous les industriels français, M. Chevrier avait été contraint, quoique à regret, de s'adresser à une maison anglaise.

En quittant les bureaux de la rue d Sentier, l'inventeur se présenta dans plusieurs usines où il pensait pouvoir être admis comme ingénieur, ou même comme simple employé.

Partout, il recevait les mêmes réponses :

— Vous êtes trop vieux, mon bonhomme, disaient les uns.

— Notre personnel est au complet, répondaient les autres.

Quelques-uns même ne se gênaient pas pour dire à l'inventeur qu'on n'allait pas solliciter d'emploi dans une tenue aussi délabrée.

Il y avait quatre heures que M. Chevrier avait quitté l'hôtel du *Panier Fleuri.*

Il n'en pouvait plus de lassitude et d'épuisement.

Le malaise qu'il avait ressenti dès le début de sa course s'était accentué.

Maintenant, il n'avançait plus qu'en boitillant.

La tête lui tournait; le vertige l'avait envahi.

Il était obligé de s'arrêter de plus en plus fréquemment.

— Ce n'est sans doute qu'un malaise passager, murmura-t-il. C'est la chaleur et la faim qui me tourmentent. Dès que j'aurai pris un peu de repos à l'ombre, cela se dissipera.

S'appuyant contre un des arbres de l'avenue de

Saint-Ouen où il était enfin parvenu, M. Chevrier s'épongea le front.

Aux souffrances physiques qu'il éprouvait, venaient s'ajouter, plus lancinantes encore, des tortures morales.

— Dire, songeait le pauvre homme avec désespoir, qu'il ne me reste pas un sou pour acheter du pain à ma fille! Les trente centimes que je lui ai donnés étaient tout ce qui me restait de la dernière reconnaissance du Mont-de-Piété que j'ai vendue... Et Lafrogne? Comment l'apaiserai-je? Comment le ferai-je patienter jusqu'à ce que les Anglais m'aient envoyé de l'argent?

C'est en proie à ces tristes pensées, qui arrivaient presque à lui faire oublier ses douleurs cérébrales croissantes et le vertige qui lui mettait comme un voile de brume devant les yeux, que M. Chevrier regagna l'hôtel du *Panier Fleuri*.

Sur le pas de la porte, il trouva la femme de Lafrogne, une grosse et revêche créature aux cheveux roux, qui causait avec quelques commères du voisinage.

— Eh! bien, lui demanda-t-elle aigrement, est-ce ce soir que vous donnez de la galette à mon mari?

M. Chevrier ne répondit que par un signe de tête plein de découragement, et s'engagea dans l'escalier.

— N'est-ce pas malheureux, s'écria l'hôtelière, sans même attendre qu'il eût tourné les talons, voilà quinze jours que ce type-là ne nous a pas fichu un sou! On peut bien dire que mon mari ne le garde que par charité. Lafrogne est toujours trop bête! S'il n'y avait que moi, il y a longtemps que je l'aurais jeté à la rue, avec sa Gossette.

Cependant M. Chevrier escaladait péniblement les marches. Enfin, il arriva à son palier.

Il trouva toute grande ouverte la porte de sa chambre. Gossette l'attendait sur le seuil.

En apercevant son père, elle poussa une exclamation.

— Qu'as-tu donc, papa? s'écria-t-elle. Jamais je ne t'ai vu la figure aussi rouge! Serais-tu malade? Assieds-toi et bois bien vite un verre d'eau fraîche.

M. Chevrier ne répondit aux paroles de sa fille que par un cri rauque et inarticulé.

Brusquement, il battit l'air de ses deux bras, et tomba comme une masse sur le plancher de la chambre.

Gossette avait poussé un cri et s'était élancée sur le palier en appelant au secours.

Puis, elle était retournée vers son père, dont les yeux étaient devenus fixes et vitreux, et dont le corps n'était plus agité que de faibles soubresauts convulsifs.

M. Chevrier venait de succomber à une congestion cérébrale causée par la chaleur et par la fatigue — peut-être par la faim!

Vainement Gossette essayait-elle de relever le corps inerte de son malheureux père.

C'est à peine si ses petits bras avaient la force de le déplacer un peu.

— Ah! mon Dieu! s'écria-t-elle, pauvre papa! Il est évanoui. Et dire que personne ne vient! Sans doute qu'on ne m'aura pas entendue quand j'ai appelé au secours.

De nouveau, l'enfant tout en larmes, se précipita dans l'escalier et cria à l'aide.

Cette fois, Mme Lafrogne elle-même accourut.

— Eh! bien, demanda-t-elle d'un voix aigre, que se passe-t-il donc?

— Papa. Mon pauvre papa!

— Qu'est-ce qu'il a donc ton père? dit Mme Lafrogne d'un ton plus doux. Il s'est trouvé mal? Ce n'est pas une raison pour faire un pareil vacarme!

Muette de consternation, Gossette montrait du doigt à l'hôtelière, le corps de M. Chevrier.

Mme Lafrogne se précipita.

Malgré sa rapacité et ses criailleries, elle ne put s'empêcher d'être profondément touchée à la vue du pauvre diable gisant inanimé sur le parquet sordide de la chambre.

— Eh! oui, fit-elle, je vois ce que c'est; la chaleur l'a rendu malade. Mais cela ne sera rien.

Elle souleva à grand'peine le corps de M. Chevrier, l'étendit sur son lit, et lui frictionna les tempes.

La congestion n'avait pas encore entièrement achevé son œuvre. M. Chevrier donna quelques faibles signes d'existence; ses lèvres remuèrent et il s'agita imperceptiblement.

Gossette se tenait auprès du lit de son père.

Elle s'était emparée d'une de ses mains, qu'elle embrassait pieusement en l'arrosant de ses larmes.

— Ma petite, fit Mme Lafrogne, attendrie malgré elle par ce spectacle, au lieu de rester là à pleurnicher, tu ferais mieux d'aller chercher le médecin du quartier.

« Ce n'est pas loin d'ici: avenue de Saint-Ouen, en face d'une épicerie... En voilà une histoire! Et justement Lafrogne qui vient de sortir!

Gossette vola, plutôt qu'elle ne courut, à l'adresse qui lui était indiquée.

Le médecin n'était pas là ; il ne devait rentrer que fort tard dans la soirée.

Mais sa bonne, prise de pitié à la vue de cette enfant tout en larmes, lui indiqua l'adresse d'un autre docteur. Celui-là, par bonheur, se trouvait chez lui.

Le médecin suivit Gossette jusqu'à l'hôtel du *Panier Fleuri.*

Quand il pénétra avec l'enfant dans la chambre de M. Chèvrier, elle était remplie d'un groupe de femmes, locataires de l'hôtel ou voisines amies de Mme Lafrogne, que celle-ci avait envoyé chercher.

Le docteur fit éloigner les commères, et après un rapide examen du malade, hocha la tête d'un air qui ne signifiait rien de bon.

— Où sont, demanda-t-il à demi-voix, les personnes qui s'intéressent au malade ?

Mme Lafrogne s'avança, et désignant Gossette :

— Cette enfant est sa fille, dit-elle.... Il n'a, je crois, aucun autre parent. Moi, je suis la patronne de l'hôtel, vous pouvez me parler en toute confiance.

— Hé bien, dit le docteur, qui avait hâte d'avoir quitté ce lieu de misère et d'horreur, ma présence est inutile ici, madame.

Puis il ajouta, en baissant la voix, troublé qu'il était par les grands yeux bleus limpides de Gossette, qui s'approchait pour écouter :

— Cet homme sera mort dans quelques minutes. La congestion a été foudroyante. A l'heure qu'il est, rien ne peut le sauver.

Après avoir prononcé ces paroles, qui furent accueillies par un silence de stupeur et d'effroi, le docteur se hâta de se retirer.

Il avait à peine franchi la porte de la chambre, que le moribond ouvrit les yeux.

Un instant, il concentra dans son regard toute la puissance de sa volonté.. Il fit un suprême effort pour sourire à sa fille qui s'était rapprochée de lui, et s'était emparée de sa main déjà inerte.

Mais ses forces le trahirent.

Il poussa un profond soupir. Sa tête retomba sur l'oreiller...

Il était mort!

Une des voisines prit Gossette par la main et l'entraîna, malgré ses cris.

L'enfant ne consentit à quitter la chambre qu'après qu'on lui eût permis d'embrasser une dernière fois le front de son père.

II

VERS SAINT-OUEN

Les commères étaient revenues. Elles se répandirent en exclamations d'étonnement et de pitié.

— La pauvre gamine, s'écriait l'une, qu'est-ce qu'elle va devenir? A-t-elle seulement des parents qui puissent s'occuper d'elle et en prendre soin ?

— Elle est très gentille, disait une autre. Il serait bien extraordinaire qu'elle n'eût ni un oncle, ni une tante, ni une cousine qui consentît à se charger d'elle.

— Eh! bien, moi, s'écria Mme Lafrogne d'un air

bourru, je suis à peu près certaine qu'elle n'a aucun parent, aucun ami. Je vais être obligée de la faire conduire à l'Assistance publique.

— Bien sûr! fit une des commères, vous n'êtes pas assez riche pour vous en charger.

— Surtout, reprit Mme Lafrogne avec mauvaise humeur, que son père meurt en nous devant quinze jours de chambre. Qui est-ce qui me paiera maintenant? A qui irai-je réclamer ça? Sans compter tous les ennuis et tous les dérangements que cause un mort dans une maison.

— Certainement, ce n'est pas agréable, fit celle des commères qui avait trouvé Gossette gentille ; mais nous allons, chacune de notre côté, vous aider pour les formalités.

Les voisines se dispersèrent. Les unes coururent à la mairie, les autres chez le commissaire de police.

Gossette était demeurée en bas, dans le bureau de l'hôtel, confiée aux bons soins d'une concierge du voisinage, qui faisait de vains efforts pour la consoler.

Pendant ce temps, Mme Lafrogne, chez qui le caractère rapace avait vite repris le dessus de la sensibilité, s'était empressée, avant l'arrivée du magistrat, de transporter, dans la chambre de son mari, la valise qui contenait les papiers et les livres de M. Chevrier.

— C'est bien le moins, se dit-elle, que je me rembourse de cette façon de ce qui nous est dû! Encore y perdrons-nous... Dans tout cela, il n'y en aura certainement pas pour sept francs cinquante.

Le secrétaire du commissaire de police arriva peu de temps après.

Voyant qu'il ne se trouvait en présence que d'une

simple mort subite, rassuré par le rapport du médecin de l'état-civil qui s'était présenté quelques instants avant lui, il se contenta d'une enquête des plus sommaires.

Il était d'ailleurs très pressé. Son chef hiérarchique, M. Mauguin, l'attendait pour constater, dans le quartier, un double assassinat suivi de vol.

Le secrétaire n'avait même pas aperçu Gossette.

Mme Lafrogne, peu au courant de la légalité, et sachant bien qu'il serait toujours temps de mener la petite fille à l'Assistance publique, ne songea point à lui parler de l'enfant qui, à force de pleurer, brisée de fatigue, avait fini par s'endormir.

On l'avait déposée sur un des lits de l'hôtel.

Cependant, Mme Lafrogne, qui n'avait pas aussi mauvais cœur qu'on eût pu le croire, prit soin de réveiller l'enfant et de lui offrir à manger.

Mais la petite fille avait tant de peine qu'elle ne voulut rien accepter, qu'un peu de bouillon.

Quant au corps de M. Chevrier, il restait abandonné dans la misérable chambre où il avait rendu le dernier soupir.

Le soir, l'hôtelier Lafrogne rentra fort tard.

Il laissa éclater sa colère en apprenant la mort de l'inventeur et les circonstances qui l'avaient accompagnée.

— Fichue journée! s'écria-t-il. Quelle guigne que ce bonhomme vienne se laisser mourir ici, et cela juste la veille du jour où il avait promis de me payer! Peut-être, après tout, a-t-il des parents à qui je pourrai réclamer ce qu'il me doit. Mais j'y pense, ajouta-t-il, en se tournant vers sa femme, le commissaire a dû s'emparer de tous ses papiers ?

— Pas du tout, reprit la mégère en se rengorgeant; c'est là où tu vas voir si j'ai de la tête. Sitôt après l'événement, j'ai tout porté dans notre chambre.

— Je sais que tu es une femme précieuse. D'ailleurs, dans ce cas, la loi est pour nous : un hôtelier a le droit de conserver en garantie les bagages de tout voyageur qui ne le paie pas. Y en a-t-il beaucoup, de ces paperasses ?

— Tout plein la grosse valise que tu sais.

— Je ne vais pas me mettre à examiner cela ce soir; il est trop tard. Mais, demain, je verrai si, dans tout ce fatras, il n'y a pas quelque chose d'utilisable. Quand l'enterrement a-t-il lieu?

— Cela ne traînera pas. On a dit à la mairie que les obsèques seraient pour demain matin, dix heures.

— Allons, tant mieux! Par ces chaleurs, ce n'est déjà pas si rigolo d'avoir un macchabée chez soi... Mais, ajouta Lafrogne, pris d'une idée subite, et la petite? Et Gossette? Le commissaire de police s'en est sans doute chargé?

— Pas du tout! Son secrétaire n'a fait qu'entrer et sortir.

— Tu ne pouvais donc pas lui parler de la môme! s'écria l'hôtelier avec fureur.

— Nous la conduirons demain à l'Assistance publique.

—Oui. Et demain aussi nous aurons une contravention pour avoir fait une fausse déclaration. Il ne faut pas te figurer un seul instant que je veuille me charger de cette morveuse.

— Cela n'a pas été mon idée une minute. Je croyais qu'il serait encore temps demain.

— Bien sûr qu'il sera encore temps. Mais tu vas nous faire avoir un tas d'embêtements. Tiens, j'ai presque envie de la prendre par la main et d'aller la conduire à l'instant même.

— Ne fais pas cela! s'écria Mme Lafrogne, prise d'une subite pitié; la pauvre petite est en train de dormir. Elle a tant pleuré! Ce serait un vrai crime de la réveiller. Je ne suis pas meilleure qu'une autre, mais je trouve que faire lever cette enfant serait une cruauté inutile.

Lafrogne haussa les épaules.

— Il en sera comme tu voudras, dit-il. Je ne vais pas, pour si peu, m'exposer à une scène de ta part. J'irai conduire Gossette au commissariat, demain après l'enterrement.

L'hôtelier remontait se coucher, lorsque la sonnette de la porte d'entrée retentit violemment.

Mme Lafrogne alla ouvrir.

Elle se trouva en présence de deux employés des pompes funèbres, deux croque-morts vêtus de leur sombre uniforme et coiffés de leur chapeau de toile cirée.

Ils apportaient la bière faite de minces planches de peuplier, dont l'administration, plutôt par souci de l'hygiène publique que par charité, fait cadeau aux pauvres gens.

Suivant l'usage, avant de déposer dans le cercueil le corps du malheureux inventeur, on procéda à la reconnaissance.

L'un des croque-morts, tirant de sa poche un papier imprimé, lut en bredouillant:

— C'est bien là le corps du sieur Chevrier, Paul, ingénieur, décédé aujourd'hui à l'âge de quarante-cinq ans?

— Parfaitement, dit Lafrogne.

— Vous le reconnaissez? ajouta l'homme noir.

— Mais oui! Il y a longtemps qu'il habite dans mon hôtel. Il n'y a pas d'erreur possible.

L'employé des pompes funèbres n'insista pas.

Aidé de son camarade, il s'empressa de procéder à sa lugubre besogne.

Cette nuit-là, Gossette dormit d'un sommeil agité, d'un sommeil traversé de mauvais rêves.

Elle se réveilla de grand matin et, tout d'abord, ne reconnaissant plus la chambre où elle se trouvait, promena autour d'elle des regards étonnés.

Mais, bientôt, la conscience de son malheur lui revint.

Elle s'écria en sanglotant :

— Pauvre papa! Dire que je ne le verrai peut-être plus! Et pourtant, si, il faut que je le revoie !

Dominée par ce pieux sentiment, Gossette s'habilla rapidement, et descendit au bureau de l'hôtel.

Elle y trouva Mme Lafrogne, occupée à mettre à jour le livre de police où sont inscrits les noms, domicile et qualité des voyageurs.

— Te voilà, petite, dit l'hôtelière. Tu sais, ma pauvre Gossette, que l'enterrement de ton père a lieu ce matin à dix heures?

L'enfant fondit en larmes.

— Madame, dit-elle, je voudrais bien revoir encore une fois mon papa. Voulez-vous me permettre de monter là-haut pour que je puisse l'embrasser?

Gossette avait parlé d'une voix si suppliante que le cœur de l'hôtelière en fut touché.

Elle mit un baiser sur le front de l'enfant, la caressa, et d'une voix qu'elle essayait de rendre douce :

— Ma pauvre Gossette, ce que tu me demandes n'est plus possible. Tu ne reverras plus ton père. Maintenant, cela ne se peut plus.

Les sanglots de l'enfant redoublèrent.

Mme Lafrogne ne savait comment la calmer.

— Ecoute, lui dit-elle, pour tenter d'apaiser son chagrin, ne pleure pas. Je te trouverai dans le quartier, et j'emprunterai pour toi une jolie petite robe noire. Tu seras belle! Tu ne peux pas aller à l'enterrement de ton père vêtue de cotonnade bleue.

Gossette finit par s'apaiser. Mais son pauvre petit visage avait revêtu une expression si douloureuse et si désespérée, que tous ceux qui la voyaient en étaient frappés.

A dix heures, le corbillard des pauvres s'arrêta en face de l'hôtel du *Panier Fleuri.*

Le cercueil y fut hissé.

Et le cortège se mit en marche.

Derrière la voiture funéraire, s'avançait Mme Lafrogne qui tenait la main de Gossette. Son mari était resté à garder l'hôtel.

Ensuite, venait une vieille ouvrière du voisinage, qui connaissait de vue M. Chevrier et Gossette.

Elle se nommait Mme Avril.

En brave femme du peuple qu'elle était, elle n'avait pu voir le pauvre cortège de l'inventeur se mettre en marche sans être profondément peinée.

Laissant là son ouvrage, elle avait, à la hâte, mis son bonnet et passé son châle. Et elle était accourue.

Mues par la même pensée, deux petites ouvrières du quartier, Isabelle et Mathilde, s'étaient jointes à elle.

Cela faisait en tout cinq personnes.

Toutes s'apitoyaient sur le sort de la pauvre petite Gossette, qui se demandait si c'était vrai tout ce qu'elle voyait autour d'elle, ou si ce n'était pas un cauchemar horrible.

Inconsciente, elle se laissait remorquer par Mme Lafrogne.

Le corbillard, qui avait d'abord marché assez lentement, prit bientôt une allure plus vive.

Les riches seuls, qui ont versé de grosses sommes à la compagnie des pompes funèbres, sont traînés en grand apparat, avec une lenteur respectueuse.

Pour les pauvres, on ne fait pas tant de façons.

Hue cocotte ! On va vite, on se dépêche.

En arrivant à la porte de Saint-Ouen, le véhicule allait d'un tel train que Gossette haletante, fut incapable de suivre.

Mais, un des croque-morts eut pitié de l'enfant. Il dit quelques mots à l'oreille du cocher, son camarade, et celui-ci consentit à ralentir l'allure de ses chevaux, ce qui permit à Gossette de continuer sans trop de fatigue.

On avait dépassé la porte de Saint-Ouen. On traversait maintenant une banlieue aux terrains pelés et stériles où se dressaient çà et là, entourées de maigres jardinets, les huttes construites par les chiffonniers sur les terrains de la zone militaire.

On approchait du cimetière. De toutes parts, c'étaient des magasins de marbriers et des boutiques de marchands de fleurs et de couronnes.

Plusieurs d'entre ces derniers coururent après le cortège, non pour proposer qu'on leur achetât un bouquet ou une couronne — ils voyaient trop bien, à la pauvreté du convoi, qu'ils n'avaient point affaire à des chalands — non, ils offraient seulement d'en louer un ou une, à des prix très modiques.

Mme Lafrogne remercia, d'un ton bourru, les premiers qui se présentèrent; mais Gossette eut un regard chargé de tant de désespoir et de supplication que Mme Avril intervint.

Se tournant vers la patronne de l'hôtel :

— Madame, dit-elle, si vous voulez, j'offre d'en payer la moitié. Cela ferait tant de plaisir à cette mignonne.

Justement, une marchande s'avançait, murmurant à voix basse d'un air engageant :

— Une belle couronne, mesdames, pour votre pauvre défunt. En location, ça ne vous coûtera pas cher. Une pièce de vingt sous, tout juste... En revenant, vous n'aurez qu'à la déposer chez le gardien du cimetière, qui me la remettra.

Gossette joignit les mains avec tant de muette éloquence dans le regard et dans l'attitude, que Mme Lafrogne se décida.

— C'est bon! dit-elle en se tournant vers Mme Avril, je vais y aller de mes dix sous. On n'est pas des brutes et des sans-cœur, après tout!

Gossette remercia l'hôtelière d'un angélique sourire.

La marchande, après s'être fait payer, déposa sur le pauvre cercueil une large couronne de verroterie.

Dix minutes plus tard, on franchissait la porte du cimetière, et l'on s'arrêtait en face de la vaste tranchée de la fosse commune.

Sans phrases, sans cérémonie, le cercueil fut descendu dans son trou.

Le fossoyeur et le croque-mort échangèrent un numéro d'ordre, et ce fut tout.

Déjà, deux hommes venaient de pousser des mottes de terre sur la funèbre boîte. Il fallait que celle-ci fut promptement recouverte, car on en attendait d'autres.

Gossette, en voyant disparaître ainsi à ses yeux le cercueil de son malheureux père, s'était mise à pousser des cris déchirants.

Mme Lafrogne, déjà lasse sans doute de montrer tant de douceur, prit brutalement l'enfant par le poignet, et l'emmena à travers les allées bordées de croix et de tombeaux étroitement serrés les uns contre les autres.

Mme Avril, que réclamaient les soucis du labeur quotidien, s'était retirée après avoir embrassé Gossette.

Isabelle et Mathilde, les deux petites ouvrières, honteuses de n'avoir pas participé à l'achat de la couronne, se cotisèrent pour offrir quelque chose à Mme Lafrogne et à Gossette.

Toutes quatre allaient s'éloigner de la fosse commune, lorsque, le chapeau à la main, un des croque-morts s'approcha d'elles. C'était celui qui avait dit à son collègue, le cocher, de ralentir l'allure du corbillard, pour permettre à Gossette de suivre.

— Mesdames, commença-t-il, vous savez qu'on a l'habitude, dans ces occasions, de nous donner un petit pourboire. Nous faisons un métier bien dur et bien difficile...

— Vous pouvez vous fouiller! s'écria Mme Lafrogne, en se plantant les poings sur la hanche en face du croque-mort. Le défunt n'est pas mon parent. Cela ne me regarde pas. Je m'en moque!

— A qui faut-il donc s'adresser? demanda le second croque-mort.

— A personne! Cette gosse que vous voyez est la seule héritière du défunt. Elle n'a pas le moyen de donner de l'argent à des ivrognes comme vous... Aujourd'hui même, je la conduis à l'Assistance publique.

— En voilà du sale monde ! grommela le premier croque-mort. Ces croquants-là, ça vous fait ralentir, ça fait des façons, et ça n'a seulement pas cinquante centimes à offrir à de pauvres travailleurs comme nous, pour boire un verre par la chaleur qu'il fait.

Isabelle et Mathilde, pour s'éviter les invectives des deux hommes et les faire taire, leur donnèrent dix sous.

L'enfant et les trois femmes purent enfin sortir du cimetière.

Après avoir bu, en hâte, un verre de vin sur le comptoir d'un bar, on se remit en marche vers l'avenue de Saint-Ouen.

Gossette pleurante, hébétée de chagrin et de fatigue, tenait toujours la main de Mme Lafrogne qui la traînait en bougonnant.

La fillette n'avait plus conscience de rien, sauf de sa douleur, et elle poussait, à chaque pas, de gros sanglots, qui faisaient se retourner les passants apitoyés.

III

LES LAFROGNE

Les Lafrogne appartenaient à la catégorie des déclassés, si nombreuse à Paris.

Avant d'en arriver à devenir le patron du « Panier

fleuri », Armand Lafrogne avait eu de nombreuses aventures.

Dix ans auparavant, il était notaire dans une petite ville de Normandie.

Fort intelligent et connaissant admirablement les questions de droit, il n'avait pas tardé à se voir à la tête d'une riche clientèle.

Par malheur, Lafrogne, qui était d'un tempérament fougueux, avait montré de bonne heure des goûts de débauche et d'ivrognerie, que la sévère éducation qu'il avait reçue et les dures nécessités d'une jeunesse besogneuse avaient eu grand'peine à réprimer.

Mais, lorsqu'après avoir passé dix ans en qualité de premier clerc dans l'étude de son prédécesseur, il se vit lui-même notaire, la tête lui tourna.

Pendant les premières années, contraint par la nécessité d'achever de payer sa charge, il était resté assez sérieux.

Mais devant l'affluence de la clientèle, devant le bon renom dont il jouissait dans les campagnes environnantes, la sévérité de ses principes se relâcha petit à petit.

Il se croyait tellement sûr de faire fortune en peu de temps, il était tellement certain d'inspirer confiance à tout le monde, qu'il ne s'occupa plus que de donner libre cours à ses mauvais penchants. Son principal clerc fut chargé de toute la besogne. Quant à lui, il ne travaillait plus.

Chaque samedi, M. Lafrogne prenait le train pour Rouen, la ville la plus proche.

Là, jusqu'au lundi, il faisait la fête, en compagnie d'anciens camarades.

Il jouait, buvait, ne se refusait aucun plaisir.

Une pareille existence, on le comprend, n'allait pas sans des dépenses considérables.

Souvent, il lui arriva de se trouver à court d'argent.

Quand cela se produisait, il prélevait quelques louis sur les fonds qui lui étaient confiés, mais il les remettait fidèlement.

Une fois, il lui manqua mille francs.

Ce samedi-là, pour s'étourdir, il but considérablement et, sous l'empire de la boisson, il se laissa aller jusqu'à confier son embarras à un de ses compagnons de plaisir, un banquier qui passait dans la ville pour s'occuper d'affaires véreuses. Il se nommait M. Cauchin.

Celui-ci, aux confidences de Lafrogne, éclata de rire.

— Vraiment, lui dit-il, mon cher, vous êtes extraordinaire... Si j'étais à votre placc, je ne serais pas embarrassé pour savoir comment trouver de l'argent... Comment! vous êtes notaire, vous avez à votre disposition des sommes considérables et vous ne jouez pas à la Bourse!

— Ma foi! je vous avouerai que je n'y ai jamais songé... Je regarde cet expédient comme trop dangereux.

— Vous êtes bien le plus naïf de tous vos confrères! Véritablemnt, mon cher ami, vous m'étonnez! Il n'y a peut-être pas dans toute la corporation un seul notaire qui ne joue à la Bourse! C'est ce qui permet à la plupart d'entre eux de mener grand train et de s'enrichir en très peu de temps, sans pour cela faire tort à personne.

— Vous oubliez, mon cher, ceux qui font banqueroute ou qui passent en Belgique.

— Parbleu! Il y a des maladroits partout. Vous

êtes assez intelligent, je suppose, pour n'avoir pas à craindre une semblable déveine... D'abord, qui vous empêche d'essayer, d'abord avec de petites sommes?

Par une foule de semblables raisons, M. Gauchin parvint à persuader son interlocuteur.

— Si vous voulez jouer à la Bourse, lui dit-il finalement, je serai très heureux de mettre à votre disposition toute l'expérience que j'ai des questions d'argent. Commencez par me confier une dizaine de mille francs, et vous verrez.

Lafrogne, à qui le madré banquier avait fait entrevoir la riante perspective de toute une existence de plaisirs et d'opulence, lui fit parvenir, le surlendemain, une somme de dix mille francs.

Un mois après, M. Cauchin lui annonçait dans une lettre remplie d'enthousiasme, que les dix mille francs en avaient rapporté cinq mille.

C'était la fortune prompte et sûre, le gain rapide et fructueux à donner le vertige.

— A moi les bons vins, les fins alcools et les jolies femmes! s'écria le notaire en sautant de joie... J'ai été « poire » assez longtemps. Désormais, je vais me payer de la rigolade!

Paris. — Imp. MAILLET, 58, rue des Plantes.

Les APACHES de PARIS

De même que la présentation des " **APACHES DE PARIS** " renouvelle la formule courante de l'édition par livraisons, de même cette belle œuvre inédite rénove le genre désuet du roman dit " **populaire** ".

Cette appellation, en effet, n'a plus de raison d'exister. Avec la diffusion de l'instruction, le goût du public s'est affiné. Il ne se contente plus d'histoires dont les héros sont des personnages fictifs, aux sentiments faux, au langage ridiculement pompeux ou naïf. Il faut, à un public plus instruit, une lecture plus substantielle, quoique tout aussi puissamment dramatique.

Dans ce but, nous avons fait appel à **Gustave Guitton,** un de nos meilleurs « auteurs littéraires », dont « vingt-cinq » volumes, publiés depuis dix ans, comptent comme autant de succès.

Et il nous a donnés : " **LES APACHES DE PARIS** "!...

Ce roman, d'un poignant intérêt qui va croissant de chapitre en chapitre, contient des pages admirables, sur lesquelles plane un **grand souffle de pitié** pour les **faibles,** les **desbérités** et les **vaincus de la vie.**

Cette idée sociale domine toute l'œuvre : « **Est-ce qu'une jeune fille des villes, jolie et pauvre, peut vivre de son travail et demeurer honnête?... Ou bien doit-elle fatalement succomber aux multiples embûches qui lui sont tendues?...** »

Une délicieuse enfant de treize ans, **Alberte Chevrier,** dite **Gossette** — tant elle est gentille et menue — est contrainte d'habiter dans un **repaire d'apaches.**

C'est l'occasion d'une étude intensément intéressante et dramatique des **bas-fonds de Paris.**

Mais, il se trouve que lorsque **Gossette,** après des aventures sans nombre, atteint sa vingtième année, le lecteur en arrive à se dire que le véritable apache est un homme du monde, **Eugène Robelin,** dont les méfaits couvrent d'opprobre cette figure sinistre de mondain intelligent, certes, mais emporté par une passion aveugle et maladive.

Aussi, lorsque le plus cruel des châtiments arrive à ce bandit, le lecteur oublie-t-il bien vite les crimes des véritables apaches, traqués par une ingénieuse police, pour applaudir au triomphe de l'héroïne, et à son bonheur de pouvoir aimer, en toute liberté, le fiancé qu'elle s'est depuis longtemps choisi.

L'EDITION NOUVELLE
26, Rue Bonaparte - PARIS

P. BARALIATY & Fils, Imprimeurs - 163, Rue de Rennes

www.ingramcontent.com/pod-product-compliance
Ingram Content Group UK Ltd.
Pitfield, Milton Keynes, MK11 3LW, UK
UKHW022154190726
13855UKWH00004B/1481